Yf 9709

LETTRE

SUR LA PIECE

DE CENIE,

ECRITE

A MADAME DE GR**

M. DCCL.

LETTRE

SUR LA PIÉCE

DE CÉNIE,

ECRITE

A MADAME DE GR * *.

Du 30 Juillet 1750.

NFIN, Madame ;
j'arrive de la Cam-
pagne, & j'ai vû
jouer votre Piéce.
J y ai eu la satisfaction bien

flâteuse d'avoir trouvé dans mon cœur des sentimens déli-cieux que vous y avez dévelopé avec une finesse de vûe & d'ex-pression très-rare, & qui nous enchante à proportion de no-tre faculté de sentir. Vous n'i-gnorez pas sans doute qu'à l'é-gard de l'expression des penfées dans les Ecrits comme dans les Tableaux, on peut y voir ce qu'il y a de vraiment original, & ce qui eft, pour ainfi dire, le premier germe de l'efprit, ces premieres idées qui n'ont été ni fatiguées par le travail, ni em-bellies par la tournure ; & je vous avouerai que j'ai eu le plaifir d'en appercevoir plu-fieurs de cette efpéce dans vo-tre ouvrage.

Votre diction a un agrém

& un charme qui vous eſt propre. C'eſt le vrai ſtile du dialogue de la Comédie, toujours
ſimple & naturel, nulle affec-
tation, nulle recherche de ter-
mes ingenieux & brillans : tout
l'eſprit eſt dans la penſée rendue
avec une juſteſſe & une clarté qui
ne laiſſe jamais rien à deviner.
Malgré la prodigieuſe dépenſe
d'eſprit que font aujourd'hui la
plûpart de nos Auteurs, je ne
crains point d'aſſurer que votre façon d'écrire eſt la meil-
leure, & qu'on pourroit la donner pour modéle, ſi ce qui eſt
imité en fait d'expreſſion & de
ſtyle pouvoit jamais être bon.

La ſincerité, & ſur tout l'humanité que vous avez miſe
dans le caractére de Cénie, la
droiture & la franchiſe de celui de Dorimont, ce faux pere

A iij

si fort au-deſſus de tous les vé-
ritables, enfin la tendreſſe & la
généroſité de Clairval, tous ces
caractéres m'ont pénétré de ſen-
ſibilité. Eh quelle clé étoit plus
ſûre pour ouvrir les cœurs, que
celle d'un ſentiment qui fait la
dignité & la perfection de notre être, je veux dire l'humanité? Je n'ai donc point été ſur-
pris des larmes que tout Paris
a donné aux malheurs de Cénie: l'horreur de ſa ſituation de-
voit jetter l'émotion & le trou-
ble dans toutes les ames faites
pour ſentir. Il eſt vrai que les
tons pathétiques & pénétrans
de cette incomparable Actrice
dont l'ame paroît ſi noblement
& ſi profondément affectée,
ont forcé bien des larmes de
couler qu'une fauſſe honte s'ef-
forçoit de retenir.

Les mœurs de votre Piéce ont été extrêmement applaudies, & même par ceux qui en ont le moins. Preuve forte & bien sensible de l'hommage qu'arrache à tous les hommes le spectacle seul de l'Honnêteté & de la Vertu! Quelle satisfaction pour vous, Madame, d'y trouver les habitans de cette Ville aussi sensibles, & avec autant de persévérance! Mais en même tems quel éloge pour eux! On a été ravi de vous voir soutenir la dignité de notre Scène si souvent dégradée par l'ignoble plaisanterie, l'indécente équivoque, le libertinage des idées, enfin par la dérision des devoirs qui sont le fondement de la Societé, & qui en assurent le repos.

Vous vous souvenez d'avoir

plusieurs fois loué mon courage à réveiller ma Nation, sur l'état affreux du plus beau morceau d'Architecture qui soit dans l'univers. Je n'ai point oublié l'excès de votre étonnement & de votre admiration à la premiere vûe de la superbe Colonnade du Louvre, & en même tems vos cris d'indignation à l'aspect des ignominies dignes des siécles les plus barbares ausquelles ce Palais est tous les jours livré soit au-dedans, soit au dehors. Eh bien, Madame, je viens vous encourager à mon tour à soutenir avec vigueur par vos Piéces la dignité & la réputation de notre théatre François, ce premier théatre du monde, & à le venger de toutes les ignominies par lesquelles on s'efforceroit d'en dégra-

der la nobleſſe & les bienſéan-
ces, pour y faire applaudir de
dangereuſes beautés.

Un des endroits de votre ouvrage qui m'a paru une inſtruc-
tion importante au public, c'eſt
celui où l'amitié étrangere triom-
phe du pouvoir chimerique du
Sang ſur les affections de nos
cœurs. Non - ſeulement Dorimont aime à l'excès Cénie depuis ſon enfance, quoique ſa
fille ſuppoſée, mais le moment
qui le détrompe, donne encore une nouvelle force à ſa tendreſſe. Cet exemple imaginé,
mais autoriſé par mille & mille
exemples réels & autentiques,
pourra ſervir à guerir bien des
perſonnes prévenues en faveur
de cette Simpathie imaginaire.
Le public doit ſçavoir beaucoup
de gré aux Auteurs qui travail-

lent à nous détromper des Préjugés toujours funeftes aux pro-
grès de la vérité, & qui entraî-
nent néceffairement une foule
de conféquences erronées, en
mettant leur fauffeté au jour &
en action fur le théatre. J'excep-
terai toujours de ce préjugé les
affections légitimes établies par
la nature dans tous les cœurs &
dans tous les pays, & qui main-
tiennent l'ordre de la Société ;
telle eft la tendreffe réciproque
des peres & des enfans, & l'a-
mour des fujets pour leur Sou-
verain. On ne fçauroit donner
fans crime le nom de Préjugés
à des devoirs auffi facrés & qui
font auffi anciens que nous.

Enfin, Madame, j'ai trouvé
dans votre Piéce des fentimens
éleves & touchans, une con-
noiffance exacte & réfléchie des

penchans secrets de nos cœurs, & une adresse singuliére à saisir ces sentimens rapides qui nous échappent , & que nous sommes si aises de retrouver. J'y ai encore éprouvé plusieurs de ces vérités de conviction qui ne frappent l'ame que pour l'élever au dessus des sens, à la vûe des titres ineffaçables son ancienne noblesse. Ce sont des traits de lumiére, qui en éclairant nos égaremens , nous ramenent à nos devoirs par la force de la persuasion. Tel est celui qui nous convainc de l'importante nécessité de l'union des cœurs dans le Mariage , & nous expose les biens solides & la douceur de la vie que nous perdons aujourd'hui , en nous rendant follement esclaves de la mode & de l'exemple.

Vous nous ramenez par tout dans votre Piéce à l'amour de la Vérité, par les charmes féduifans de la Fiction. O divine Fiction ! préfent defcendu du Ciel pour le bonheur des hommes, & dont leur cœur fera toujours touché, toujours avide, & jamais raffafié. Toi feule fçais changer en plaifir l'afpect affreux de nous mêmes & notre infupportable tableau.

Vous avez fçu varier les intérêts particuliers dans vôtre Piéce, fans nous diftraire de celui de votre heroïne le centre de tous les autres, avec un art qui n'a point échappé aux connoiffeurs. Ils ont auffi beaucoup loué l'enchaînement de vos Scènes, & votre févére exactitude dans l'uniformité des caractéres de chaque perfonnage gardée jufques à la fin.

Mais ce qui a le plus géné-
ralement réuni les fuffrages , &
a fixé le fuccès de Cénie, ç'a
été ce ftile nouveau de fenti-
ment qui eft à vous feule , &
dont le charme toujours fou-
tenu a forcé le fpectateur le
moins délicat , & la multitude
d'avoir un plaifir d'autant plus
fin qu'il ne paroît au-dehors, ni
par une joye bruyante , ni par
ces ris immoderés que la raifon
défavoue prefque toujours à
l'examen.

Quel talent, Madame, de
maîtrifer ainfi les cœurs, & les
efprits dans tous les ordres, &
de fe les affujertir non pour les
énerver, ou les corrompre par
le fpectacle toujours contagieux
du défordre ou de l'excès des
paffions, mais pour les en ga-

rantir, en les excitant à l'amour
de la vérité, de la droiture, de
la vertu malheureuse, & en
les affermissant dans les revers
par l'exemple du courage de
votre Héroïne. Quel honneur
vos ouvrages font à vos amis,
& qu'il est flâteur d'avoir l'esti-
me d'une ame faite comme la
vôtre !

Jouissez, Madame, de la
gloire d'être le premier auteur
de votre sexe, qui ait eu un suc-
cès sur notre Théatre aussi com-
plet & aussi mérité. Vous ne le
devez ni à la prévention, ni à
la brigue, mais au seul discer-
nement des Spectateurs. L'é-
lévation & la délicatesse des sentimens, le choix & la dignité des
caractéres, la conduite sensée
de l'intrigue, la finesse & la
naïveté du dialogue, enfin beau-

coup d'intérêt, voilà les uni-
ques protecteurs de Cénie. Je
ne vous louerai point d'y avoir
mis par tout des mœurs & de la
décence. Le moindre oubli à
cet égard chez une Dame qui
se montre au Public sur le théatre, ou par l'impreſſion, révol-
tera infailliblement, & elle ſera
preſque toujours jugée à la ri-
gueur par les deux ſexes.

Voilà bien des titres, Madame, pour mériter une reuſſite.
Vous l'avez obtenue au-delà
de vos eſpérances. Goûtez-en
l'avantage, & l'honneur de voir
la premiere Ville & la plus éclai-
rée, vous porter en foule le
tribut de ſon admiration. Pa-
roiſſez ſouvent & avec confian-
ce ſur un théatre où vous avez
vaincu l'envie, & ſes complots

en restant dans une parfaite tranquilité, & où vous avez eu non seulement la hardiesse d'exposer des sentimens droits & vertueux malgré le goût du siécle, & les loix absolues de la mode, mais encore le talent de les faire applaudir. Quel changement dans la Société si le sexe qui en fait les délices en devenoit le Précepteur ! Ce seroit une étrange école de morale, & bien humiliante pour nous, s'écrieront la plûpart des hommes naturellement vains. Mais pourquoi notre orgueil s'offenseroit-il de devoir à votre sexe de l'élévation dans les sentimens, du courage & de la fermeté ? S'il est si essentiel pour nous d'en avoir, que nous doivent importer les moyens ?

Si jamais nous avons à rougir en pareil cas, ce sera uniquement d'avoir mérité de votre part de semblables leçons.

Continuez, Madame, à nous plaire & à nous instruire. Que la Nation vous doive l'agrément & les bien-séances d'un Spectacle où vous avez fait triompher l'humanité & l'amitié; non point cette amitié oisive, qui se borne à plaindre les malheureux; mais cette amitié active & secourable, qui va chercher l'honnête homme opprimé & abandonné, qui sçait, en ménageant son amour propre, faire cesser tous ses maux, & lui porter une nouvelle vie. Quel avantage pour l'homme que celui de pouvoir faire du bien aux malheuyeux ! Que le souvenir en eſt doux , & combien ce plaiſir ſurpaſſe tous les autres ! Puiſſent ces plaiſirs purs & ſans remords, éloignés de nous depuis long-tems , revenir habiter ces de-meures , & nous faire dou-ter quelquefois que ces tems heureux où régnoit la modé-ration, la bonne foi, & l'ami-tié bienfaiſante , n'ayent exiſté que dans les fictions de la Poë-ſie !

J'aurai l'honneur , Mada-me , de vous voir, & de vous preſſer de donner des rivales à Cénie, lorſque la foule des hommages ſera chez vous moins grande, & qu'elle vous permettra de donner quelque attention à ceux du plus ſincére & du plus fidéle de vos amis,

Je suis avec respect,

MADAME,

Votre très-humble &
très-obéissant serviteur

D. L. F. de S. Ye.